Victor
Aïcha
Perle

EUGÉNIE LE SOMMER ET OLIVIER GIROUD

présentent

FAN DE FOOT

24—32, rue des Amandiers, 75020 Paris – France

Correction : Catherine Rigal

Loi n° 49—956 du 16 juillet 1949 sur les publications destinées à la jeunesse,
modifiée par la loi n° 2011—525 du 17 mai 2011.
Dépôt légal : mai 2021. ISSN : 2610-2900
Imprimé en Serbie.

Produit conçu et fabriqué sous système de management
de la qualité certifié AFAQ ISO 9001.

FSC
www.fsc.org
MIXTE
Papier issu de
sources responsables
FSC® C117682

EUGÉNIE LE SOMMER ET OLIVIER GIROUD
présentent

FAN DE FOOT

CHAMPIONS DU MONDE !

Écrit par Éric Simard
Illustré par Karim Friha

AUZOU romans Premiers pas

EUGÉNIE LE SOMMER

La première fois que j'ai joué contre une équipe étrangère, c'était un match avec l'équipe de France U17 face à l'Allemagne. J'étais impressionnée par le fait de porter le maillot bleu, même si c'était un match amical sans enjeu. Je me souviendrai toujours de cette première *Marseillaise* !

Je me suis déjà énervée lors d'un match au niveau régional, mais jamais battue. La joueuse adverse m'a fait un tacle pour me faire mal. J'ai eu peur de la blessure, alors je l'ai poussée en me relevant et l'arbitre nous a sanctionnées toutes les deux. J'ai regretté ma réaction car je n'aurais pas dû agir de cette manière…

Depuis ce jour, je fais en sorte de prendre sur moi et de rester calme dans ce type de situation !

Pour cela, le plus important est de se concentrer sur soi, sur son jeu et sur le match que l'on est en train de jouer. Il ne faut pas non plus rentrer dans le jeu d'un adversaire qui essaye de nous déstabiliser.

OLIVIER GIROUD

J'ai découvert assez jeune les matchs contre des équipes étrangères car je participais avec mon équipe à des tournois internationaux où des joueurs de tous horizons étaient invités.

Je ne me suis jamais battu sur le terrain comme sur un ring de boxe ! Mais il m'est déjà arrivé de perdre mon sang-froid et de manifester ma colère d'une façon inappropriée. Quand je sens que je me suis mal comporté, je le regrette tout de suite. Dans ces cas-là, je présente toujours mes excuses ! Avec l'expérience, j'ai appris à contrôler plus facilement mes émotions et, même face à l'injustice, j'essaye de favoriser le dialogue au lieu d'avoir des paroles blessantes ou des gestes véhéments.

Ce n'est pas facile car, dans le feu de l'action et la montée en tension, l'adrénaline, on a tendance à se laisser emporter, mais il faut toujours rester serein et lucide pour n'offenser personne.

1 TROIS BONNES NOUVELLES

— Nathan ! Tout va bien ?

— Oui, madame. Le match va commencer !

La mère de Victor est aux petits soins pour moi. Je suis devant leur télé avec les copains et les copines de mon équipe. Nous regardons le match que joue l'équipe de France contre l'Angleterre dans un tournoi international. Fred, le grand frère de Victor, nous a rejoints avec deux amis.

Soudain, l'arbitre siffle une faute contre l'équipe de France.

— Il est nul, cet arbitre ! proteste Fred. C'est incroyable de voir ça !

Il est tellement énervé qu'il manque de casser un verre en se redressant.

— Tu as raison, Fred, ajoute un de ses copains. Les Anglais se permettent de faire des fautes bien plus graves et ils ne sont pas pénalisés. C'est une honte !

Je suis d'accord avec eux ! Je ne supporte pas quand l'arbitre siffle des fautes imaginaires contre la France.

Le lendemain, Luc, notre entraîneur, réunit notre équipe sur le terrain.

— Les enfants, j'ai trois grandes nouvelles à vous annoncer : la première, c'est que vous avez la chance d'avoir été tirés au sort pour assister au match France - Italie qui aura lieu samedi à 17 heures !

Nous sommes tellement surpris que nous mettons du temps avant de réagir.

— Alors, on va voir l'équipe de France pour de vrai ? demande Léonie qui a du mal à le croire.

— Oui. Vos parents vous emmèneront à Paris et vous rentrerez chez vous après le match. La deuxième bonne nouvelle est que les organisateurs proposent que vous affrontiez ce jour-là à 14 heures une équipe de mini-foot italienne. Ce sera un match amical joué sur un terrain d'entraînement, juste à côté du Stade de France.

— Quoi ? sursaute N'Golo. C'est une blague ?

— Pas du tout, répond Luc. Ce sera votre premier match international.

— Incroyable ! s'exclame Aïcha. Je vais prévenir mon papi.

— Et la troisième bonne nouvelle, c'est quoi ? s'impatiente Perle.

— Après votre match contre les jeunes joueurs italiens, vous rejoindrez les vestiaires du Stade de France et vous entrerez sur le terrain en tenant la main de vos stars.

— Je pourrai toucher mon idole !!! s'étrangle Léonie.

— Oui. J'espère que vous mesurez la chance que vous avez. Beaucoup d'enfants aimeraient être à votre place !

2 LES MAILLOTS DE LA COLÈRE

Dans les voitures qui nous conduisent à Paris, nous sommes tous excités. On a du mal à croire ce qu'on va vivre : entrer dans le Stade de France, main dans la main, avec nos stars !!!

Comme les parents de Victor travaillent le samedi, c'est Fred qui accompagne son frère. De mon côté, c'est ma mère qui m'emmène. Nous rejoignons directement le terrain où nous allons jouer contre les Italiens.

— Il n'y a pas de public, regrette Léonie.

— Arrête de rouspéter, répond Aïcha. Regarde plutôt les beaux maillots qu'on va mettre.

Un organisateur tend à Luc six maillots blancs avec l'emblème du coq. Déçu, je ronchonne :

— L'équipe de France joue en bleu. Pourquoi pas nous ?

— Les Italiens jouent aussi en bleu, explique Luc. Comme vous les recevez, la règle veut que vous portiez l'autre maillot de l'équipe de France.

Son explication ne me convainc pas.

— Les Italiens n'auraient pas pu choisir un maillot d'une autre couleur ? Les « Bleus », ce sont les Français !

— Nathan, ces maillots sont offerts par la Fédération française, soupire ma mère, agacée. Tu peux t'estimer heureux !

— Et vous les garderez sur vous quand vous entrerez sur le terrain du Stade de France tout à l'heure, ajoute Luc.

Les enfants italiens arrivent avec leurs superbes maillots bleus. Pfff… c'est à cause d'eux si je ne rentre pas chez moi avec le « vrai » maillot de l'équipe de France.

— Tu fais toujours la tête ? me demande ma mère.

— Oui. C'est pas juste !

Fred me prend à part et me dit :

— Dommage pour le maillot, mais tu vas pouvoir te venger. On est champions du monde ou pas ?

— On l'est !

— Alors, vous allez les écraser !!!

3 PREMIÈRE MI-TEMPS

Le match commence. Je fais une passe à Victor qui essaie de dribbler une Italienne. Manque de chance, il perd le ballon. Les Italiens vont très vite... Ils se font une, deux, trois, quatre passes et ils se retrouvent devant

Aïcha. C'est sûr, ils vont marquer un but ! Leur attaquante tire à ras de terre. Heureusement pour nous, Aïcha est en pleine forme. Elle bondit et détourne le ballon en corner.

Les Italiens complotent quelque chose mais je ne comprends rien. Impossible de savoir ce qu'ils se disent.

Une de leurs joueuses tire le corner. Le ballon s'élève et atterrit sur la tête d'un adversaire. Cette fois, Aïcha ne peut rien faire. But pour les Italiens ! Ils dansent de joie.

— Il faut vous réveiller ! nous crie Luc.

Je lance à Victor :

— Tu es prêt à faire des une-deux avec moi ?

— Je suis prêt !

N'Golo fait la remise en jeu. C'est parti ! Victor me fait une passe, je lui redonne. Il me fait une deuxième passe, je lui redonne. Nous donnons le tournis aux Italiens ! Arrivé devant le but adverse, je suis prêt à marquer, mais un joueur me déséquilibre d'un coup d'épaule et je rate mon tir.

L'arbitre n'a pas sifflé de faute. J'enrage ! Fred ne décolère pas, lui non plus. Il crie :

— Eh, l'arbitre, tu veux mes lunettes ? Il y avait faute !!!

Dans la foulée, les Italiens attaquent et marquent un deuxième but. 2 - 0 ! Encouragé par les protestations de Fred, je préviens Victor :

— Ils vont voir ce qu'ils vont voir. Je ne vais pas me laisser faire. Moi aussi, je peux bousculer.

4 DES BLEUS AU CORPS

Trente secondes plus tard, l'Italien qui m'a déséquilibré me dribble et part en direction de notre but. Je me dis :

« Il ne s'en sortira pas comme ça ! » Je cours derrière lui et je le rattrape.

Au moment où il va tirer, je le déséquilibre en lui donnant un léger coup de coude. Il glisse et s'affale de tout son long. Il n'a pas du tout aimé ce que j'ai fait, parce qu'il se relève et avance sur moi en prononçant des mots que je ne comprends pas. Je vois bien qu'il m'insulte en italien.

— Nathan, reste calme ! crie ma mère dans les tribunes.

Et puis quoi encore ? Il me provoque et je dois faire comme si de rien n'était ? J'avance à mon tour en lui lançant :

— C'est toi qui as commencé !

Il continue de me parler et je ne comprends toujours rien.

— Te laisse pas faire ! me conseille Fred.

Tout d'un coup, l'Italien tend un bras comme pour me pousser. Je vois rouge. Je me jette sur lui et nous roulons sur la pelouse en nous empoignant comme deux chiffonniers. Et vas-y que je te donne un coup de poing, et vas-y que je te donne un coup de genou. Les autres joueurs essaient de nous séparer mais ils n'y arrivent pas. Il faut que Luc et l'entraîneur italien interviennent pour qu'on finisse par se calmer. C'est incroyable ! Jamais je ne m'énerve autant d'habitude.

Je rouspète parfois après un joueur, mais jamais je ne me bagarre comme je viens de le faire. L'arbitre du match s'approche du joueur italien et de moi et tend à chacun de nous un carton rouge. Oui, un carton rouge !!! Nous sommes expulsés du terrain. Luc est furieux.

— Qu'est-ce qu'il t'a pris, Nathan ?

— C'est lui qui m'a poussé en premier !

— Et alors ? Est-ce une raison pour vous battre ? Si un joueur fait une faute sur toi, réponds en jouant mieux que lui.

— Et s'il m'insulte ?

— Qu'est-ce que tu racontes ? Je comprends l'italien et je peux te dire qu'il ne t'a pas insulté. Il t'a juste dit qu'il s'excusait.

— Ah bon ?

Je me sens tout bête.

— Les organisateurs nous ont proposé ce match pour mettre en valeur l'amitié entre nos deux pays, et toi, tu fais tout le contraire, s'emporte Luc.

Des gradins, ma mère me jette un regard noir. Le match se termine sur un score nul grâce à deux buts de Léonie. Moi, j'ai un gros bleu en-dessous de l'œil. Je ne suis pas très fier.

VESTIAIRES

5 MAIN DANS LA MAIN

Une heure plus tard, Luc guide notre équipe à l'intérieur du grand Stade. Nous sommes accueillis par des officiels qui nous demandent d'attendre l'équipe de France à la sortie des vestiaires. D'autres enfants français nous rejoignent. Je vais mieux mais je pense encore à cette bagarre que j'ai provoquée. J'espère que Luc et ma mère ne m'en voudront pas trop longtemps.

— Ça y est ! Les champions du monde vont sortir ! annonce un organisateur. Tenez-vous prêts.

Des étoiles brillent dans nos yeux.

— Le rêve de ma vie ! s'exclame Aïcha.

La porte du vestiaire s'ouvre et nos stars apparaissent dans leurs maillots blancs. Une main se tend vers moi. Je la saisis sans voir à qui elle appartient et je suis emporté vers la sortie du tunnel. Une fois sur la pelouse, j'ai l'impression d'être au milieu d'une gigantesque arène. Des dizaines de milliers de gens applaudissent dans les tribunes ! Je suis tellement ébloui et impressionné que je n'arrive pas à voir quelle star se tient juste derrière moi.

— Regarde l'équipe d'Italie ! me dit Perle. Nos adversaires de tout à l'heure leur tiennent la main.

Je reconnais le jeune joueur qui a eu le même carton rouge que moi. Je détourne la tête. Je me demande s'il a des remords, lui aussi. Les hymnes nationaux retentissent. D'abord celui de l'Italie, puis celui de la France.

De nombreuses caméras sont braquées sur nous. Quand les hymnes sont terminés, la star me donne une petite tape amicale sur l'épaule et disparaît au milieu des autres joueurs. Je ne sais même pas qui c'était ! Avant de regagner les vestiaires, le joueur italien contre lequel je me suis battu s'approche de moi, enlève son maillot et me le tend.

— Pour… toi, me dit-il avec son accent italien.

Je ne m'attendais pas à ce cadeau.

Je balbutie :

— Ben… merci.

Puis je fais comme lui. J'ôte mon maillot de l'équipe de France et je le lui donne.

— Grazie ! me dit-il en me serrant la main.

— C'est une belle manière de faire la paix ! se réjouit Luc.

Le jeune italien s'approche et lui glisse quelques mots à l'oreille. Luc me traduit :

— Il s'appelle Vincenzo et il voudrait correspondre avec toi pour apprendre le français. Tu es d'accord ?

Je réponds :

— D'accord. Et moi, j'essaierai d'apprendre sa langue. Ça m'évitera de tout faire de travers.

On est champion du monde ou on ne l'est pas !

Un petit mot de l'auteur

Adolescent, je rêvais de devenir sportif professionnel.

Je n'ai pas pu réaliser ce rêve mais le sport a été pour moi une belle école de vie. J'ai connu des accidents, des crises de colère quand je perdais, des moments de joie intense quand je réussissais pendant les matchs des dribbles que j'avais répétés tant de fois à l'entraînement. Grâce au sport, je me suis fait des amis.

J'ai appris l'importance du respect des adversaires, du respect de l'arbitre et du respect de soi pour atteindre ses objectifs. Peu à peu, j'ai compris que les défaites ou les échecs ne sont pas des catastrophes mais une chance de s'améliorer.

L'essentiel est de rebondir !

Éric Simard

Retrouve

FAN DE FOOT

dans d'autres aventures !

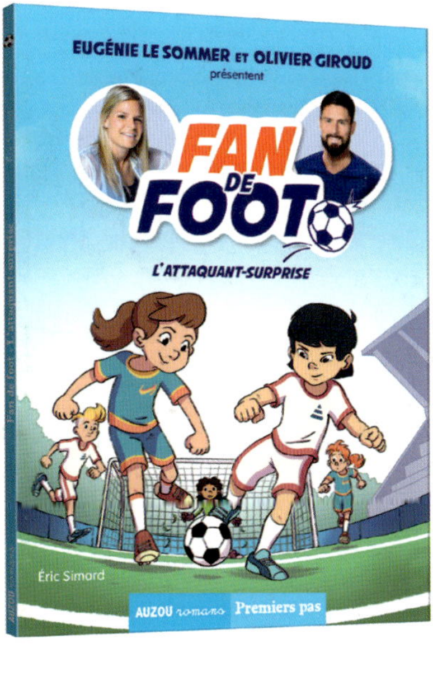

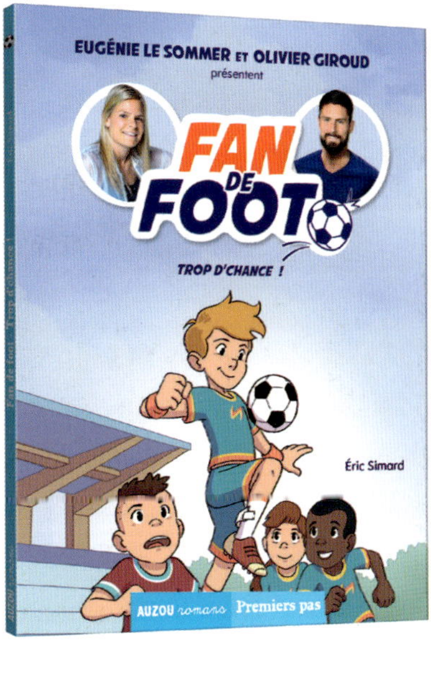